고양이 이바

가 왔다옹~

고양이님 말씀하시고 집사 받아 적다!

달나무 그리고 씀

arte POP

 # 차례

part 1   고양이님을 모시고 사는 인간

part 2   인간과 살아주는 고양이님

part 3 고양이님, 고양이님, 우리 고양이님

이바

여덟 살 먹은 중년 고양이

이리저리 떠돌며 방랑 생활을 하다가 만화가 달나무의 집에 정착했다.
산전수전 파란만장한 묘생을 겪으며 인간과 적절히 타협하는 법을
터득한 능구렁이 베테랑 집 고양이. SNS 친구 숫자 등 인기에 은근히
신경 쓴다.

춘봉

이바와 동갑내기 고양이

고작 한 달 늦게 태어난 죄로 이바한테 서열이 밀려 서럽다.
커다란 눈, 풍성한 황금색 털을 자랑하는 미묘.

이바와 춘봉의 집사

고양이 만화만 10년 넘게 그려온 마이너 만화가.
주특기는 오밤중에 작업하며 짜장라면 두 개 끓여 먹기!
이바가 자기를 '달'이라고 부르는 건 모르고 있다.

달나무

쩝쩝

✻

사랑은 모든 것을
특별하게 한다

고양이와 인연을 맺은 지도 올해로 17년째입니다. 고양이를 만난 뒤, 쉬지 않고 고양이 만화를 그려왔지요. 그러다 보니 고양이를 빼면 제 작가 인생도 성립되지 않는 고양이 작가가 되었습니다. 그러나 고양이에 관한 이야기를 쓸 때면 여전히 떨립니다. 이 책에서는 당신에게 어떤 이야기를 들려드릴 수 있을까요?

망설임과 고민 끝에 펜을 잡으며 결심했습니다. 함께 살아온 고양이 이야기, 고양이와 스쳐 지나며 쌓은 추억, 지금까지 남몰래 숨겨온 고양이에 관한 가슴 아픈 기억까지 모두 솔직하게 고백하겠다고. 어떤 사람들은 이렇게 되물을지도 모릅니다. 고양이와 만나고 헤어진 게 뭐가 대수야? 길에서 흔하게 마주치는 게 고양이인데, 뭘 고백이라는 거창한 표현을 쓰는 거야? 그 말도 맞지요. 그러나 세상의 모든 것은 의미를 부여했을 때 특별한 존재로 다시 태어납니다. 평범하지만 저 한 사람에게는 그 무엇과도 바꿀 수 없이 특별한 고양이 이바를 여기에 마음껏 담아내려고 합니다. 이바가 보고 듣고 느낀 세상을 이바의 목소리로 전해드리고 싶습니다.

소소한 에세이이지만 그 안에 녹여내려고 노력한 소중함과 특별함이 독자 여러분께 오롯이 전달되기를 마음 깊이 희망합니다.

2016년 달나무

Part 1

고양이님을
모시고 사는 인간

첫 고양이, 미유

17년 전, 인생의 첫 고양이를 만났습니다. "미유우~"라는 울음소리를 따서 붙인 이름 '미유'. 미유는 우리 집 지하실 창고에서 발견된 새끼 길고양이였습니다. 내게 '집사'라는 새로운 삶을 열어준 고양이님이지요.

미유와 7년을 함께했습니다. 서른이 넘은 늦은 나이에 일본으로 유학을 떠나면서 미유를 가족들에게 맡겨야만 했지요. 몇 년 뒤, 미유가 고양이별로 떠났다는 소식을 들었습니다. 그때, 저는 일본의 한 슈퍼마켓에서 계산원 아르바이트를 하고 있었습니다. 고개를 숙이고 묵묵히 일하는데 눈물이 주룩주룩 흘렀습니다. 사람들이 눈치채지 못하게 틈틈이 눈물을 훔쳤지만 이미 얼굴은 눈물범벅이었습니다.

미유가 보고 싶었지만, 한국으로 돌아갈 비행기 삯도 없던 힘든 시절이었습니다. 마지막에 곁에 있어주지 못한 게 마음의 상처로 남아 다시는 고양이를 키우지 않겠다고 결심했지요.

나만의 장미 미유

사랑스러운 미유

노랑 망토를 두른
8kg의 거묘

내 마음 속의
별이 된 아이

영원한 사랑
미유

#1 춥고 외로웠던 교토 이와쿠라의 자취방

#2 밭, 산, 강으로 둘러싸인 이와쿠라

이바가 왔다

어느 날 사연 많은 고양이 이바가 왔습니다. 첫 주인이 사정이 생겨 시골에 있는 지인에게 1년 동안 탁묘를 보냈지만, 끝내 키우지 못해 내게 맡아줄 것을 부탁했지요. 처음에는 거절했습니다. 다른 고양이를 키우는 건, 미유를 배신하는 일이라는 생각이 들었기 때문입니다.

그런 결심이 무색하게 며칠이 지나고 어느새 이바는 내 침대 위에 드러누워 코를 골고 있었습니다. 이바는 이그조틱쇼트헤어라는 찍 눌린 우스꽝스러운 얼굴을 한 세 살 먹은 암코양이였습니다. 마치 원래 이곳에 살았던 것처럼 이바는 자연스럽게 우리 집에 스며들었습니다. 낯선 방에 경계하지도 않고, 처음 만난 내게 '하악질'도 하지 않았지요. 아니, 오히려 내 무릎 위로 펄떡 뛰어올라 다짜고짜 '골골송'을 열창했습니다.

그 순간, 미유가 아니어도 좋다는 생각이 들었습니다. 이바가 내게 다시 나타난 운명의 고양이라는 측이 왔습니다. 고양이와 그 반려인의 만남은 우주의 시간 속에서 이미 정해진 약속이니까요. 그렇게 내 인생의 두 번째 고양이 이바를 만났습니다.

 **내 이름은 이바**

#1 납작한 코, 찍 눌린 못생긴 얼굴의 얼큰이 고양이

#2 반려인을 찾아 파란만장한 여행을 한 이바

고양이와 반려인의 만남은
모두 운명이다
우주의 시간 속에서
이미 만나기로 약속한 사이

사랑을 내놓으라옹

첫 고양이를 끝까지 책임지지 못한 저는 고양이별에 빚을 진 채무자입니다.

이바는 고양이별을 대표해 빚을 받으러 온 고양이 채권자입니다.

그러니 이바가 어떤 깽판을 치더라도 마땅히 감수하겠다고 마음먹었지요.

고양이 똥으로 지도를 그리든,

털로 온 집 안을 도배해놓든,

열심히 그린 그림에 고양이 발자국을 새기든,

채무자로서 당연히 받아들여야 할 시련이요,

죄 닦음의 과정일지어다.

이바를 처음 본 순간 귓가에 베토벤의 〈운명 교향곡〉이 BGM처럼 울려 퍼졌습니다.

쭈욱 추켜올라간 눈매, 근엄하게 앙 다문 입, 납작하게 짓눌린 코는 제가 지배할 동물이 아닌, 저를 다스릴 군주의 위용을 자랑했지요.

이바의 카리스마에 압도당하다 못해 저절로 큰절을 올릴 뻔했습니다.

피곤한 표정으로 침대 위로 올라가 곧장 단잠에 빠진 이바.

"나는 이제부터 쉴 테니, 인간은 불을 끄고 나가거라."

나지막하지만 무게 있게 명령하는 이바의 목소리가 어디선가 들려오는 듯했습니다.

불교에는 '시절인연'이라는 말이 있습니다.

때가 돼 인연이 합한다는 뜻이지요.

하늘에서 떨어지는 빗방울과 눈송이도 정확히 떨어져야 하는 시간에 떨어져야 하는 자리로 떨어진다고 해요.

영원히 머물 수 있는 정착지를 찾던 이바가 고양이별의 채무자인 저한테 나타난 것도 그런 인연 때문이 아닐까요?

집에 가자.
이바!

종착역에 도착해 버스에서 내렸다.
그곳에 고양이 한 마리가 나를 기다리고 있었다.
그날부터 우리는 함께였다.

모든 만남은 우연이 아닌 필연이다.
그 시절에 맺은 약속이다.

고양이에게 사랑받기

이바는 울고 있는 제 곁에 다가와서 꼬리를 흔들지는 않습니다.
조금 떨어진 곳에서 그저 내려다볼 뿐이죠.
마치 세상의 이치를 다 꿰뚫어 보는 듯한 눈빛으로.
거리를 두고 도도하게 지켜보는 게 고양이만의 애정표현입니다.
그래서 고양이는 자신이 사랑하는 존재가 눈에 잘 보이는 장소를
좋아합니다.
제가 작업할 때 이바는 책상 옆 캣타워에서 저를 내려다봅니다.
잠을 자려고 침실로 가면 어슬렁어슬렁 뒤를 쫓아오죠.
이바의 시선과 발걸음은 마치 미행을 하는 것처럼 은밀하고 은근
합니다.
고양이의 사랑과 위로는 햇살처럼 잔잔하고 포근합니다.
인간의 말보다 훨씬 따뜻하게 제 마음을 토닥여요.
고양이의 사랑에 제 마음도 '냥냥'해집니다.

조용한 여기가 좋아요.
고양이와 함께하는
아늑한 시간을 사랑해요.

인간을 사로잡는
고양이별의 마법이 폴폴

part 2

인간과 살아주는
고양이님

인간을 다스리는 법

　　내 이름은 이바. 올해 여덟 살 먹은 중년 고양이다. 베테랑 집 고양이의 노하우를 말해주겠다. 먼저, 인간의 집을 접수했으면, 함께 살아갈 인간을 잘 다스려야 한다. 고양이보다 훨씬 몸집이 크고, 힘이 강한 인간을 다스리려면 지혜가 필요하다. '지피지기면 백전백승'이라고, 인간을 모르면 인간을 다스릴 수 없다.

　　인간은 다른 동물을 자신의 발 아래로 놓으려고 한다. 외로움과 고독을 달래줄 도구로 우리를 이용하지. 이런 인간에게 말려들어 끌려다니면 순식간에 묘생이 비굴해진다. 인간이 힘세고 덩치 크다고 쫄 필요는 전혀 없다. 오히려 이런 걸 역이용해야 한다.

　　개는 인간에게 몹시 푸대접을 받는 동물이다. 충성을 다하는데도 말이다. 개는 인간의 눈과 귀가 되기도 하고, 도둑을 잡기도 하고, 마약 탐지도 하고, 목숨을 걸고 인간을 구조하기도 한다. 군대, 경찰, 각종 기관에서 월급도 없이, 야근도 마다하지 않고 일한다. 그런데 인간은 개는 원래 그렇게 태어난 존재라고 여길 뿐이다.

그러니 개랑은 정반대로 해야 한다. 배은망덕한 인간을 다스리는 방법은 충성이 아니라 지배다. 인간은 매우 오묘한 동물이라 자신을 무시하고 튕기는 존재에게 오히려 안절부절못한다. 이게 바로 나쁜 동물의 매력이랄까. 나와 함께 사는 인간 '달'을 실험 대상으로 테스트해 본 결과 내가 열 번 무시한 뒤 한 번 애교를 부리자 몹시 감격했다. 우리 고양이는 이렇게 자신을 사랑한다고 인증샷을 찍어 SNS에 올리기까지 했다. 앞발을 날리면, "오늘 울 냥이한테 귓방망이 맞았어요. 너무 귀여워요."라며 내 발바닥 사진을 올린다. 그럼, 인간들은 "부럽네요." "저도 한방!"이라고 댓글을 단다.

이제 알겠는가? 전 세계의 고양이들이여, 앞발 펀치와 골골송이라는 밀당으로 인간을 콘트롤하라.

인간의 집에서
살아가는 법

한참 늘어지게 잔 뒤 일어나 주위를 둘러봤다. 아까 본 인간 '달'이 스탠드가 켜진 책상 앞에 앉아 꼼지락거리고 있다.

"네가 이제부터 나를 모실 인간이냥?"

어슬렁어슬렁 책상 근처를 맴돌며 인간을 살펴보았다. 이제부터 이 인간이 나의 묘생에 가장 중요한 존재이니 직업, 습관, 성격 등을 꼼꼼히 체크해야 한다.

고양이는 집에 콕 박혀 사는 집순이, 집돌이를 좋아한다. 시중을 들어줄 인간이 매일 집을 비우면 여러모로 불편하다. 또, 집 안에 사람을 불러들이는 사교형 인간도 그다지 좋지 않다. 고양이는 낯선 인간을 달가워하지 않는다.

책상 위에 놓인 만화 원고를 보고 달의 직업을 알아차렸다. 만화가라……. 내 입가에 작은 미소가 번졌다. 집에서 작업하는 은둔형 만화가라면 하루 종일 나와 함께할 수 있겠지. 좋다냥, 이제부터 여기가 내 영원한 보금자리다옹.

🐾🐾 언제나 아웅다웅

내 이름은 이바.

니야아.

인간의 집을 접수했다.

책상 위, 캣트리,
주인의 무릎…
집 안의 아늑한 장소는
모두 내 것,
나만의 것!

그런데 라이벌 춘봉 등장!

크르르.

내가 형님인데…
위아래도 모르는 녀석.

고양이가 부리는
비밀 마법

슬픔은 보랏빛이다. 고양이의 눈에는 슬픔의 빛깔이 보인다. 내가
캣타워 위처럼 높은 장소를 좋아하는 이유도 인간의 감정이 스며든
공기가 어떻게 흐르는지 잘 관찰할 수 있기 때문이다.

나는 공기를 읽고 마신다. 핑크색, 노란색, 파랑색 빛을 내는 행복은 달콤한 솜사탕 맛이 난다. 잿빛, 코발트블루 빛을 내는 분노는 마시면 쓰고 떫다. 보랏빛 공기는 구연산처럼 시큼하다. 바로 슬픔의 맛이다. 나는 밤새 슬픔을 잡아먹는다. 옛날에 고양이가 쌀 도둑 쥐를 잡아먹은 것처럼, 나는 달의 마음속 슬픔을 잡아먹는다.

내일 아침이면 안개가 걷히듯 슬픔도 사라질 거다옹. 이게 바로 아무도 모르는 고양이가 부리는 마법.

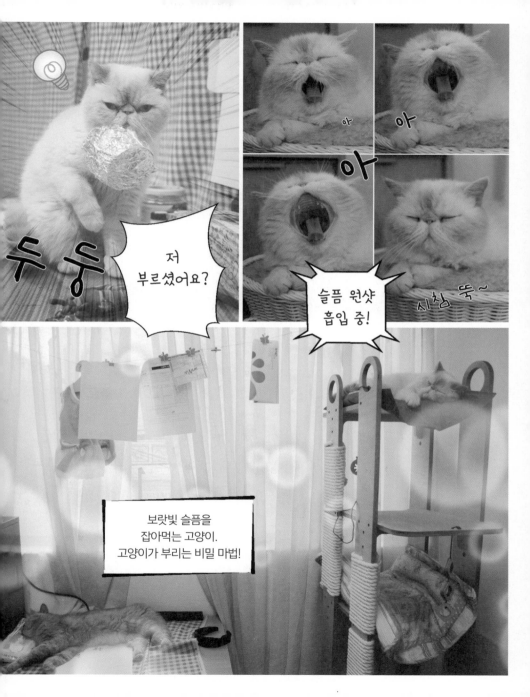

오래 산 집 고양이는
주인을 잡아먹는다

인간과 오래 산 고양이는 인간의 언어도 거의 다 알아듣는다.

주인의 기분에 맞춰 척척 눈치 있게 행동하기도 한다. 눈빛마저 아주 푹 익은 된장처럼 숙성해 간다.

나이가 들면 고양이도 인간이 휘두르는 낚싯대나 어묵 꼬치에 심 드렁해 진다. 가끔 즐거운 척 연기하며 주인과 놀아줄 수도 있지만 해가 지날수록 몹시 귀찮아진다.

옛 사람들은 고양이가 오래 살면 인간계에 통달해
오래된 너구리처럼 영악해진다고 경계했다.
열 살 넘은 고양이는 도깨비로 변해 주인을 잡아먹는다고 믿었다.

고양이를 자루에 넣으면 고양이가 앙심을 품어 그 사람의 눈알을
빼 죽인다는 이야기, 고양이한테 원한을 사면 여자로 둔갑한 고양이
한테 죽임을 당한다는 이야기…….

우리나라에는 옛날부터 고양이에 얽힌 안 좋은 편견이 넘쳐났다.

일본에서는 꼬리가 긴 고양이가
도깨비로 변한다고 해
꼬리를 잘리는 수모를
당하기도 했다.

중국에서는 길러진 지 3년이 넘은 흰색 고양이를
인간을 잘 속이는 불길한 존재로 여겼다.
인간을 속이는 능력이 달에서 얻어진다고 해 한 번이라도
달을 쳐다본 고양이는 그 자리에서 죽임을 당하기도 했다.
이 몸도 꼬리가 길고, 털이 하얗고, 나이도 이제 슬슬 열 살인데……
괜찮을까냥?

그러나 오래 산 고양이만큼 근사하고 멋진 파트너도 없다.
인간의 집에서 지켜야 할 매너가 몸에 배어 있기 때문이다.
나는 칸트처럼 정확하고 규칙적으로 생활한다.

아침이면 모닝 똥을 만든 뒤 아침밥을 먹는다.
다만, 이 일정은 달의 게으름으로 차질이 빚어질 때가 많다.
자네, 밥그릇이 빈 줄도 모르고 자는가!

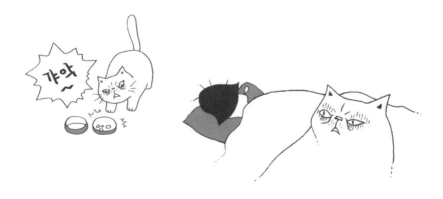

사냥할 쥐 한 마리 없는 집 안에서 인간이 밥을 내놓지 않으면,
꼼짝없이 쫄쫄 굶어야하는 것이 집 고양이의 숙명이요,
끝없는 슬픔이다.

일단, 쿵 소리가 나게 높이 뛰어내리기로 달을 깨운다.
안 일어나? 그럼, 귀 바로 옆에서 골골송 열창하기다!
아무리 무딘 달이라도 내 아름다운 골골송을 외면할 수는 없을걸?
잠에서 깨면 곧바로 눈을 맞추고 아주 가련하게 울어줄 테다.
그럼 마음 아파하며 사랑스러운 나를 위해 아침밥을 준비하겠지.
이것이 바로 오래 산 베테랑 집 고양이의 젠틀하고 우아하게
인간을 다스리는 방법이다.
오늘 아침도 상큼하게 달을 깨워보자. 이제 곧 내 아침밥이…….

밥이……

내 아침밥이……

없다.

별 수 없다.

밥그릇에 남은 사료 몇 알이라도 섭취해야 한다.

헉!

이 녀석은 이럴 때 만큼은 LTE처럼 빠르냥!

고양이 전설이 모두 거짓이라고 했던가?
아니다. 아무래도 오늘 밤에 전설의 도깨비로 변할 것 같다.
저녁때 들어오기만 해 보라옹!
도깨비가 되어 잡아먹을 테다옹!

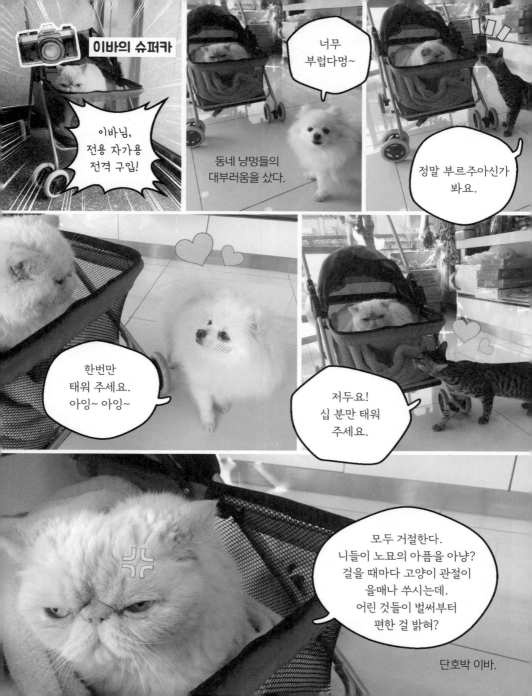

놀이터 산책

오늘은 공원 산책.
워미~ 세상 참 넓네.
입이 안 다물어져!

나이 든 고양이는 눈빛마저
푹 익은 된장처럼 숙성된다.

#냥스타그램
#캣스타그램

요즘 SNS를 운영하는 고양이가 늘고 있다. 물론, 고양이가 앞발로 업데이트를 하는 건 아니고 인간이 고양이인 체하는 모양이다.

부끄럽지만, 사실 달도 SNS 중독자다. 요즘 달은 '고양이 이바'라는 페이지를 만들어 고양이 행세를 하고 있다. '댓글'과 '좋아요'가 재밌나보다. 달이 행복하다면, 기꺼이 모델을 하겠다. 우아하고 아름다운 내 모습을 널리 알려 인간들이 고양이의 아름다움을 새삼 깨닫는다면 서로 윈윈이기도 하지.

…… 이게 뭐야! 하품할 때 상어처럼 벌어진 입, 똥배를 늘어뜨리고 곯아떨어진 모습, 정말 찰나의 순간인 '치부샷'을 올리고 있잖아?! 계정 폭파는 어떻게 하는 거냐옹.

바나나 단면을 닮은 고양이

태초에
바나나가 있고

그 속에서 태어난
생명체가 있었으니

바로 바나냐옹 이바님

그냥 바나나도 아니라
바나나 단면을 닮았으니

썰어 봐도 바나나요

하품을 해도
바나나인 것이다

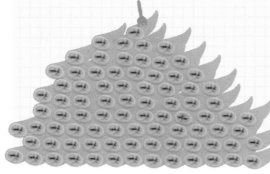

바나나 속에서 그분을 찾으려면
9.0의 인디언 시력이 필요하다고!

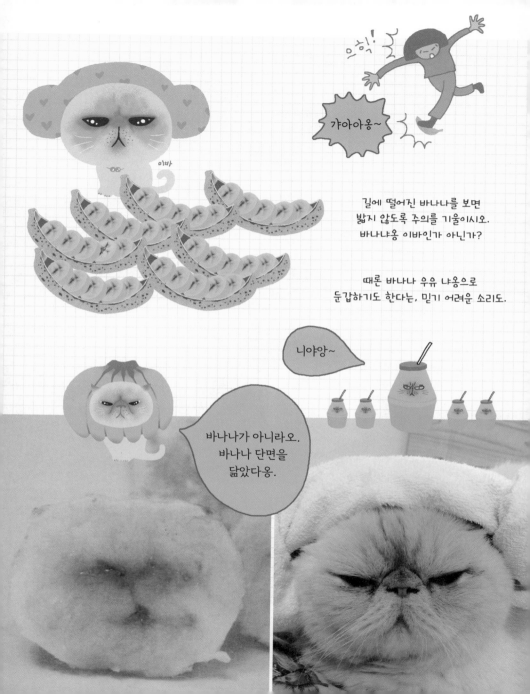

꾹꾹이, 참을 수 없는
유혹의 손길

고양이는 푹신하고 말랑한 물체를 앞발로 꾹꾹 누르는 습관이 있다. 아깽이일 때 엄마 젖을 먹으면서 앞발로 찌찌를 꾹꾹 눌러대던 버릇의 흔적이다. 고양이가 꾹꾹이를 시전하는 순간 인간들은 좋아 죽는다. 고양이 안마에 시원하다고 난리다. 진짜로 시원한 것보다 효도를 받는 기분이 들어 힐링이 되는 모양이지.

내가 바로 꾹꾹이 달묘다. 인간의 두꺼운 허벅지, 폭신폭신한 뱃살을 눌러대는 게 취미이자 특기다. 집 고양이 생활도 어언 8년, 다른 인간은 몰라도 달에게는 도리를 다하자는 마음으로 최선의 꾹꾹이 서비스를 베풀고 있다. 그럴 때마다 춘봉은 나를 비웃는다. 고양이는 고양이답게 살라나 뭐라나?

"이바, 다리가 쑤시다! 이리 와서 꾹꾹이 한 판 하거라."

그러나 이렇게 당연하게 부려먹히는 건 참을 수 없다. 고양이는 도도한 게 매력이거늘 개처럼 굴었더니 개 같은 대접을 받는구나. 못 들은 척 돌아섰다. 차가운 도시의 고양이, 그런 고양이의 뒷모습을 바라보며 주인의 마음은 무너지겠지. 명령하지 말고 두 손 모아 정중히 부탁하란 말이야. 그럼 못 이기는 척, 다시 내 존재의 고마움을 베풀어 줄 테니!

뭔가 느낌이 이상하다. 달이 나를 부르지 않는다. 설마…… 돌아보니 춘봉이 자기가 언제 야옹거렸다는 듯 입을 싹 닦고 꾹꾹이를 하고 있다! 냐옹냐옹 교태로운 노래를 부르면서!

"역시 춘봉이 뿐이다. 이바는 이제 안녕이야."

아아, 또 다시 춘봉의 계략에 빠진 것인가. 백번 잘하다 한 번 안 했을 뿐인데, 백번 안 하고 한 번 한 놈이 인정받는 더러운 세상!

🐾🐾 영원한 라이벌 춘봉vs이바

난 인형도 머리에 일 수 있다옹.

고건 기본이쥐.

난 컵도 이고.

커피도 이고.

무거운 세제도 일 수 있다옹!!!

치킨 파우치를
득템하는 법

나이가 들면서 입맛이 점점 까다로워졌다. 어릴 때는 뭘 줘도 후루룩후루룩 흡입했지만 다양한 음식에 눈을 뜨면서 음식에 관한 호불호가 확실하게 생겼다. 아무리 배가 고파도 내 취향이 아닌 건 입에 대기도 싫다.

내가 가장 좋아하는 건 닭가슴살로 만든 치킨 파우치. 보드라운 살에 적절한 기름 소스가 배합돼 입 안에서 살살 녹는다. 그 다음으로 좋아하는 건 참치 통조림. 아무리 맛있다 해도 치킨만 먹으면 지루해지니까 참치와 치킨을 번갈아 먹어 줘야 한다. 간식으로 치킨 맛과 치즈 맛의 고소한 스낵을 즐기는 나는야 진정한 미식냥.

달은 매일 아침 맛난 치킨 파우치를 한 봉지씩 준다. 이건 마치 모닝커피랄까. 아침이면 나는 침대에 누워 있는 달한테 달려가 동공 어택, 부비부비, 골골송 애교 3종 세트를 잔뜩 부린다. 빨리 일어나 내 맛난 식사를 준비하라옹! 우아하고 품위 있는 캣츠 라이프를 지켜주는 상쾌한 아침의 시작!

치킨 파우치를 위해 인간의 과격한 손길을 인내한다.

온갖 고문과 시련을 이겨낸다.

아주 좋~~웃댄다.

아무렴 어떠냐.
이 정도 재롱은 집 고양이의 사명.

드디어 달이 일어났다.

"이런! 한 봉지 밖에 안 남았네. 오늘 아침은 그냥 사료나 먹어라."

안 된다옹! 치킨 파우치를 내놓고 가라옹! 허둥지둥 달을 쫓아 1묘 시위를 펼친다. 키보드 점령, 마우스 깔고 앉기 등의 강경책과 무릎 꾹꾹이, 등 긁기 마사지 등의 회유책!

"아, 일을 못 하게 하네. 고기 달라 이거지?"

옳지, 고양이 집사 삼 년이면, 골골송쯤은 부른다더니! 달은 마지막 남은 파우치를 뜯어 그릇에 담아주고 인터넷으로 파우치를 주문했다. 내가 좋아하는 파우치를 주문하는 것까지 확인하고서 상쾌하게 치킨 파우치를 먹으려고 하는데…….

"캬아아악!"

방심했다. 춘봉이 놈이 내 치킨 파우치를 홀랑 먹어버렸다. 마지막 남은 한 봉지였는데…….

할짝할짝, 그저 핥네요. 그리고 느끼네요.

접시에 남은 마지막 치킨 파우치의 향기.

춘봉이 남겨놓은 꾸릿한 침냄새.

❧❧ 식탐 고양이

워미~
이 사랑스러운
통조림들!

문질 문질

냄새나 발라 놓자.
이것들은 다
내 것이여.

짭짭

너 지금 뭐 먹냐?
여기 있는 통조림은
다 내 것이여!

쳇, 분하다!
두고 보자고.

뭘 두고 봐!
쪼꼬만 게
웃겨 죽겠네.

웬만하면
조금만
남겨주라~

안됐지만
일찌감치 포기하고
간장에 사료나
비벼 먹어.

놓치지
않을 꼬에요~

덥썩

참참

흥~ 메롱~
난 닭가슴살 먹는다!
요건 몰랐지?

눈주주욱~

개망신,
아니 고양이 망신

    오늘 집에 불청객이 온다. 달이 한 마디 상의도 없이 7개월가량의 애송이를 일주일동안 탁묘를 하겠단다. 춘봉이는 기어오르지 않게 잘 길들여놓았는데, 세상모르는 하룻고양이는 까불거리며 내 코털을 건드리지 않을까?

    설마가 역시였다. 하룻고양이 녀석은 나를 보자마자 하악질을 해댔다. 조용히 지내려고 했건만, 일단 귓방망이부터 한 대 날려 군기를 잡아 볼까? 이 집의 주인은 나 이바님이시다. 너는 구석에 얌전히 찌그러져 있다가 가야 하는 손님에 불과하다. 알간?

    근엄한 발걸음으로 녀석에게 다가간 순간!

    "캬아아악!!!"

    아뿔싸! 어리다고 방심했더니 오히려 놈이 날리는 앞발 펀치에 당하고 말았다.

    춘봉이는 내 수모를 강 건너 불 보듯 모른 체한다. 쳇! 동물들 사이에는 위아래도 없고, 의리도 없다.

    하룻고양이 녀석의 폭주는 다음날도 계속됐다. 내 밥그릇의 밥을 나보다 먼저 맛봤다. 달마저 아껴둔 내 참치 통조림을 녀석에게 내

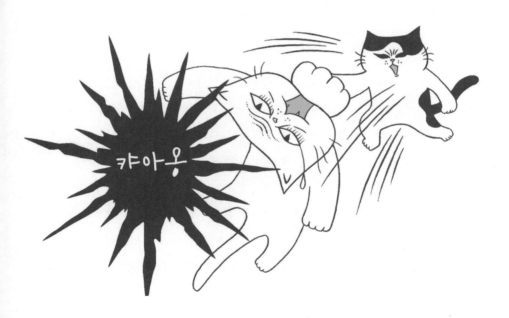

카아옹

췄다. 아침에 일어나자마자 가장 먼저 가는 화장실에서도 녀석이 먼저 모닝 똥을 생산해놓아 경악했다. 울화가 치밀었지만 애써 마음을 가라앉혔다. 녀석도 어린 나이에 처음 낯선 곳에 맡겨졌으니 얼마나 불안하고 두려울까. 비폭력 평화주의자 간디를 떠올리며 녀석을 용서하기로 한다.

그러나 녀석은 내 자비로움도 모르고 여전히 까불거린다. 상자 속에 숨어 있다 느닷없이 덤비기도 하고, 잠자고 있는데 내 꼬리를 장난감처럼 갖고 놀려고 든다.

평화주의묘, 비폭력 무저항주의묘, 고양이계의 간디…….

나는 절대 화나지 않는다. 절대, 절대…….

마음의 평화를 위해 편하게 쉴 수 있는 '세이프존'인 캣타워 3층에 올라갔다. 고롱고롱 골골송을 흥얼거리며 눈을 붙였다. 이제 조금 마음이 안정이 되네. 내 너그러운 인성과 품격 있는 처신, 위대한 영혼이 감탄스럽다.

이제 내 이름은 마하트마 이바.

솔솔 잠이 들 무렵 무언가 느낌이 안 좋다. 살짝 눈을 떠보니 하룻

고양이 녀석이 나를 내려다보고 있다. 설마 이제 내 자리까지 넘보는 거냥? 코털이 움찔거린다. 내 최후의 보루인 세이프존까지 넘보는 건 용서할 수 없다.

오냐오냐 해줬더니 기어이 어르신의 수염까지 뽑으려드는구나.

간디는 얼어 죽을!

싸가지 없는 놈을 교육하지 않고 방관하는 것도 어른으로서 직무를 유기하는 일이다. 방관은 비행 고양이를 낳을 뿐! 이제 참교육의 때가 왔다!

"캬아아옹!!!"

지옥 깊숙한 곳에서 울려 나오는 무시무시한 괴성을 지르며 주먹을 휘둘렀다.

애송이! 안됐지만 오늘 너는 태어나서 처음 묘생의 쓴맛을 맛보게 될 것이야!

그럼, 예의를 지키지 않으면 최후를 맞이한다는 교훈을 얻을 테고, 훗날 엄격한 가르침을 준 나에게 감사하게 될 것이다옹.

파박!

이럴수가! 내 몸뚱이가 허공에서 한 바퀴 공중제비를 돌고 꼴사납게 버둥대다가 바닥으로 추락했다.

아이쿠, 허리야! 아픔도 아픔이지만 체면이 말이 아니다.

나는 정신없이 앞발로 얼굴을 닦으며 딴전을 피웠다.

아무도 못 봤겠지? 방금 아무 일도 없던 거다냥.

문득 고개를 쳐드니 이런 젠장…….

방관자의 아이콘, 회색분자 춘봉이가 음흉한 미소를 띠고 나를 보고 있다.

참으로 개망신, 아니 고양이 망신이다.

마하트마 이바의 길이 이리 멀고도 험할 줄이야.

🐾🐾 이바 vs 정은

🐾🐾 춘봉 vs 정은

안 나와?
이거 내 상자
거든!

상자가 네 꺼,
내 꺼가 어딨냐옹.

맡은
냥이가
임자지.

캬아악!
춘봉님의
코털을
건드리는구나!

삼냥이가 부르는
사랑의 노래.
모두 사이좋게
놀아요!

고양이의 대화법

이 몸은 술친구 노릇도 한다. 달이 홀로 캔 맥주를 사와 한잔하고 있을 때면 슬그머니 그 옆에 자리를 잡는다. 술친구가 반드시 함께 술잔을 기울일 필요는 없다. 곁에서 말을 들어주는 걸로 충분하다.

세상 시름, 하소연, 욕, 찌질한 불만들……

다른 인간들에게는 폐가 될까, 나중에 후회할까 걱정스러워서 할 수 없는 말들도 고양이에게는 안심하고 털어놓을 수 있다. 고양이는 그 어떤 말도 옮기지 않고, 찌질하다고 비난하지도 않으니까.

물론, 고양이는 맞장구를 칠 순 없다. 그러나 언어만 대화의 전부는 아니다. 표정, 몸짓, 느낌, 하다못해 침묵도 대화다. 언어를 능숙하게 다루는 인간도 소통하지 못해 외로워한다. 어쩌면 언어는 방해꾼일 수도 있다. 잘못된 표현이 오해와 상처와 분노를 만들기도 한다. 가끔은 언어가 없을 때 오히려 온전한 마음으로 대화할 수 있지 않을까?

인간이 잘났든, 못났든, 찌질하든, 폭망하든, 고양이는 상관하지 않고 곁에서 식빵을 굽는다.

이것이 고양이의 대화법이다.

오늘 밤
당신의 눈동자에
건배!

기묘한 고양이 이야기

상황 1.

별빛도 달빛도 잠든 컴컴한 밤.

휘잉휘잉 울부짖는 을씨년스러운 바람 소리.

가로등도 고장 난 인적 드문 외딴 골목을 홀로 걸어본 적이 있는가.

그때 고양이가 살그머니 나타나면 인간들은 까무러치듯 놀라

'걸음아, 나 살려라!' 외치며 도망친다.

상황 2.

칠흑 같은 어둠이 깔린 으슥한 무덤가.

멀리서 들려오는 알 수 없는 짐승의 울부짖음.

공포가 심장을 조여 오는데, 바로 그 순간

무덤 뒤편에서 잔혹한 어둠의 지배자가 모습을 드러낸다.

그것의 정체는 바로 고양이.

두 상황 모두 고양이를 싫어하거나 두려워하는 인간이

흔히 상상하는 고양이의 이미지다.

왠지 모르게 섬뜩하고 기분 나쁜 불길한 존재,

어둠 속에 숨어 인간을 놀라게 하는 존재,

무덤가를 맴돌며 기분 나쁜 울음소리를 내는 사악한 존재……

우리 고양이는 기묘한 괴담의 주인공으로 맹활약하고 있다.

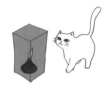

그런데 정말 우리는 사악한 존재일까? 학대하고 업신여긴 인간에게 복수하려고 늘 어둠 속에서 칼을 갈고 있을까?

그건 모두 인간이 만들어낸 거대한 망상이다. 지금처럼 전기가 없던 시절, 거리에 있는 등은 직접 불을 붙여 빛을 밝히는 기름등이었다. 이 기름이 생선을 짜낸 생선 기름이나 고양이가 좋아하는 마타타비 성분이 들어간 식물성 기름인 경우가 많았다. 고양이는 냄새에 이끌려 기름등 근처를 맴돈 건데, 사람들이 어둠 속 희미한 등불 사이로 고양이가 어슬렁대는 걸 보고 지레 겁먹고 내뺀 것이다. 무덤가에 유난히 고양이가 많은 것도 그곳에 고양이의 먹잇감인 쥐나 작은 동물들이 많기 때문이다. 시력보다 청력이 발달한 고양이는 밝은 대낮보다 먹잇감의 움직임 소리에 집중할 수 있는 조용한 밤에 사냥을 한다.

인간은 끊임없이 상상하는 존재다. 그런 상상력은 오랜 시간에 걸쳐 고양이를 으스스하고 섬뜩한 존재로 만들어왔다. 호러 영화와 공포 소설 속에서 고양이는 주로 무서운 효과를 줄 때 등장한다. 다르게 생각하면 우리 고양이는 예술가들의 훌륭한 조력자이고, 고마운

파트너가 아닐까? 인류의 위대한 창작물이 탄생하는 데 우리의 공이 컸다는 걸 새삼 깨닫는다.

무엇하는가! 이런 오해를 낳은 고양이를 찬양하라!

☙☙ 아재 개그

고양이에 관한 나쁜 인식이 많다고? 오늘 제대로 된 개그로 편견을 깨부수겠어!

클레오파트라 냥이닷!

안 웃어? 그럼 이번엔 일자 눈썹 막가파 고양이.

뻐드렁니 스마일 고양이! 웃기지?

이번엔 이바 과자. 고양이 분신 탄생! 웃기지?

옥탑방 고양이의 야망

나는 옥탑방에 산다.

옥탑방이란 돈 없는 대학생, 시골에서 상경해 구직 중인 취업준비생, 안 팔리는 글을 쓰는 작가 등이 싼 월세 때문에 어쩔 수 없이 사는 곳 같다. 달도 안 팔리는 만화가로서 옥탑방에 산다.

옥탑방살이는 고달프다. 여름이면 찜질방 더위와 사투를 벌여야 한다. 한낮엔 강렬한 햇볕이 천정을 꿰뚫고 악귀처럼 스멀스멀 집 안으로 스며든다. 겨울 추위는 또 어떤가. 우리 방은 방향까지 북향이어서 외풍이 실내를 시베리아 벌판으로 만들어 버린다.

달은 보일러를 아끼려고 주로 난로를 튼다. 난로는 달 주변만 따뜻하게 데워주기 때문에 나는 자동으로 무릎 고양이가 된다. 작업하는 데 방해된다고 달은 나를 쫓아내려고 하지만, 나는 포기하지 않고 버텨 무릎 위를 사수한다.

달은 고마움을 모른다. 무릎 고양이는 모든 애묘인의 로망이거늘. 추운 겨울에는 따끈한 무릎 담요 노릇까지 하니 에너지도 절약된다. 달이 무릎 위에 올라온 나를 찍더니 '애교 고양이'라는 타이틀을 붙여 SNS에 올린다.

나는 유명묘나 스타캣이 되려는 야망은 없다. 명예, 권력, 인기 모두 하찮은 욕망일 뿐……. 고양이는 밤공기를 마시며 세상을 배회하는 것만으로도 행복한 영혼이다. 나는 우아한 내면의 지성을 중시하는 인텔리 고양이다. 그러므로 인간의 평가에 일희일비하지 않는다. 팬이 늘었다고 자만하거나 팬이 없다고 우울해 하지 않는다. 인기가 많아지면 그런 만큼 기대에 부응해야 하니 그것 또한 무거운 짐이요, 자기학대다. 뭐, 달은 고양이가 아닌 인간이니까 인기에 연연하며 관심에 목말라하는 걸 탓할 수는 없지.

"이바. 분발해야겠어. 인기가 비슷했던 모모코가 지금 너보다 팬이 많다. 재밌는 사진을 많이 올렸네. 호수 공원에서 찍은 야외 사진도 있고. 우리도 야외 사진을 올려야겠어. 맨날 옥탑방 사진만 올려서 재미가 없나 보다. 좋아, 내일은 야외촬영이다!"

썩 기분이 좋지 않다. 이런 감정은 뭐지? 경쟁심? 질투심? 이런 하찮은 감정은 인간이나 느끼는 것이다. 고결한 고양이가 느낄 감정이 아니야! 모모코가 누구였지? 그 삼색 털에 얼굴 길쭉한 무같이 야비하게 생긴 녀석? 호수 공원에서 찍은 야외 사진을 올렸다고? 난 그럼 한강 공원에서 물구나무선 걸 올려볼까? 아니, 이럴 때가 아니지. 일찍 자야겠군. 내일 오전에 날씨 맑을 때 찍는 게 좋겠어. 자기 전에 거울 보고 귀여운 표정도 연습해 볼까?

다시 말하지만 나는 유명묘나 스타캣이 되려는 야망은 없다.

이 모든 건 오직 달의 행복을 위해 장단을 맞춰주는 것뿐이다.

오직 달 때문에…….

팩이라도 얼굴에 얹어볼까냥~

고양이는 밤공기를 마시며
세상을 배회하는 것만으로도 행복한 존재.

행복한 옥탑야옹별곡

니야앙~
뜨끈뜨끈 옥상 바닥에
등 지지면 찜질방이
따로 없다옹.

문질 문질~

#1 이바의 소박한 해피 타임. 두둥실 구름, 살랑살랑 바람,
따사로운 오후의 햇빛까지 모두 가져요.

#2 하루의 끝. 노을 진 석양은 아름다운 선물. 고양이 마음도 두근두근.

🐾 소심한 복수

푸른 잔디밭 위에서 달콤한 휴식,
이것이 바로 자연 속의 힐링.

으흐흑.

그런데 왜
눈물이….

두둥

잔디밭은 개뿔!
현실은 고양이 털밭.
고양이와 함께 자는 삶은
털과의 동거다옹.

제기랄!

이불, 베개, 침구 위는 물론

니야앙!

가구 사이에도 눈처럼 쌓여 있는 털.

니야앙!

니야앙.

옷장 속도 예외는 아니다옹.

특히 짙은 색 옷을 입은
집사의 뒷모습은
더욱 애잔해 보이지.

넓적 테이프

끈끈이

결국, 집사는 다양한 털 제거 무기를 구비.

특히 고무장갑으로 문지르면 털 제거에 효과 굿!

그러나
분노는 폭발하고
마는데….

이제 더는
못 참아!

털 깎자!

안 돼에!!!

인간보다 힘이 없는 고양이는
결국 참혹한 최후를 맞는다.
솜씨 없는 인간은 우아한 고양이를
흡사 마대자루처럼 초라하게
만들어 놨다.

휭

우이이잉

이래봐도 내가
털빨로 먹어주는
고양이인데.

캬캭캬캭!

복수닷!
이쯤 되면 사생결단 달려든다.

키야아아악!

어디서 깝쳐!

내쫓겼다옹.

우우우웅
두고 보잣!

화ㅈㅎㅎ~

뒹굴

복수를 멈출 수 없다.
더러운 현관 바닥에서 최대한 뒹군다.

갸아오옹

이제
가련한 목소리로
인간을 부른다옹.

덥석

안쓰러운
내 모습에 집사는
친절하게 군다.

그날 밤,
인간은 가엾은 자신의 애묘를
품에 안고 잔다.
바로 이때를 놓치지 않고
인간의 얼굴에
몸을 잔뜩 비빈다.

내일 인간의 얼굴에는
여드름이 날 것이다.

굵적 굵적

노익장 고양이의 원맨쇼

또 신참 고양이가 들어왔다. 다행히 이번에는 우리 옥탑방이 아니라 아래층에 살고 있는 달의 가족과 산다. 녀석은 이제 겨우 한 살 된 어린 러시안블루. 누군가 알레르기 때문에 못 키운다고 해서 떠맡게 됐다고 한다. 이곳은 나를 시작으로 누군가 키울 수 없게 된 고양이들이 모여드는 징크스가 생긴 모양이다.

풍문에 따르면 신참은 털이 비단결처럼 반짝이고, 팔다리가 사슴처럼 길어 발레리나를 떠올리게 한단다. 또한, 긴 팔다리 덕분에 냉장고나 옷장 위를 한달음에 올라갈 만큼 운동신경도 빼어나다고 한다. 거기다 장희빈처럼 교태가 많아 가족들의 마음을 한방에 사로잡았다고……. 달도 그 녀석을 보러 수시로 아래층에 내려갔는데 한 번 갔다 하면 함흥차사다.

그깟 애송이가 재주를 부려봤자지. 8년차 집 고양이의 인간 다루는 솜씨를 따라갈 수 있으랴!

결국 궁금함을 참지 못해 달을 따라 아래층으로 내려갔다. 막 현관에 들어서려고 할 때였다.

푸다닥.

뭔가 머리 위로 휙 날아갔다. 시커먼 얼굴에 뾰족한 송곳니, 젓가락같이 가늘고 긴 팔다리를 단 악마 같은 생명체가 냉장고 위로 날아올라 어느새 나를 내려다보고 있었다.

"봉구야! 이바한테 인사해라. 옥상에 사는 늙은 엉아야."

봉구? 춘봉이 못지 않게 촌닭 같은 이름이다. 그나저나 늙은 엉아라니. 달은 왜 나를 저렇게 볼품없이 소개하나 모르겠다. '옥상에 사시는 우아한 어르신이시다.' 이렇게 소개할 수도 있는 거 아닌가. 괜히 보자마자 깔보이면 어쩌려고. 아니나 다를까 녀석은 나를 향해 한쪽 입꼬리를 추켜올리며 썩소를 날렸다. 보란 듯이 냉장고에서 풀쩍 뛰더니 마치 올림픽 체조선수처럼 우아하게 착지했다.

"이바는 저런 거 안 되지?"

"다리가 짧아서 힘들지. 점프력도 없고. 계단이 없으면 한달음엔 못 올라가."

"이바 보다가 봉구 보니 아기사슴 밤비를 보는 것 같아."

"사실 저런 게 진짜 고양이지. 이바는 숏다리라 점프가 안 돼."

녀석을 찬양하는 말들이 홍수처럼 쏟아진다. 정신줄 바짝 잡지 않으면 또 망신을 당할지도 모른다. 늦기 전에 내가 녀석보다 우월하다는 걸 보여줘야 한다. 사방을 둘러보니 약간 낮은 김치냉장고가 보였다. 한달음에 뛰어오르는 노익장의 늠름함을 보여줄 테닷! 숨을 가다듬고 엉덩이를 들썩이며 도움닫기를 준비했다.

후다닥!!!

이게 우쩐 일?! 상체와 앞발은 분명 냉장고를 디뎠건만, 엉덩이가 무거워 하체가 딸려오지 않는다. 내 몸뚱어리는 2, 3초 버티다가 무거운 엉덩이와 함께 바닥으로 추락하고 말았다.

쿵!

순간 고요한 정적이 흘렀다.

"뭐냐? 저 녀석."

"왜 안 하던 짓을 해? 궁뎅이 뼈 금 간 거 아니야?"

"봉구한테 자극받아서 지도 뭔가 보여주려고 한 건가?"

정신없이 손에 침을 발라 얼굴을 닦았다. 마치 처음부터 그렇게 하려고 한 것처럼……. 고관절에 금이 갔는지, 허리가 삐끗 했는지 아무 생각도 안 난다. 그저 악몽 같은 이 자리를 벗어나고 싶을 뿐이다. 이건 다 빌어먹을 짧은 다리 때문이다. 뭉툭한 몸매 때문이다. 무거운 엉덩이와 큰 머리 때문이다. 저주 받은 내 몸뚱어리! 결국 달에게 붙잡혀 옥탑방으로 돌아왔다. 서러움의 눈물이 뺨을 타고 흘러내렸다.

"이바, 네 맘 다 알아. 가족들한테 웃음 주고 싶어서 일부러 몸개

그 한 거지?"

냥? 꿈보다 해몽이랬나? 콩깍지가 씌면 모든 게 예쁘고 사랑스럽다. 어설픈 실수도 노련한 고양이의 애교가 되나 보다. 사랑스러운 고양이는 뭘 해도 예쁘다는 걸 잠깐 잊고 있었다. 나는 그날 밤 몇 번 더 책상 위에서 미끄러지고 의자 위에서 구르며 원맨쇼를 펼쳤다. 이것이 바로 베테랑 집 고양이의 몸개그다웅! 그런데 점점 달의 표정이 무표정이 된다.

"이제 고만 1절만 해라. 웃어주는 것도 한계가 있다. 받아주니까 끝이 없어!!!"

아아, 여기까지가 끝인가 보오. 이제 나는 그만하겠소. 그대의 급정색은 이별로 받아 두겠소. 노익장 베테랑 집 고양이의 원맨쇼 끝.

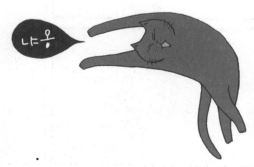

🐾🐾 묘생무상 — 젊음이여, 안녕

안녕하세요.
봉구예요.

롱다리, 롱팔,
우아한 잿빛 털,
사랑스러운
'러블'이랍니다.

주특기는 점프!
문 위도 문제없죠.

높은 곳 올라가기가
취미예요.

롱다리 덕분에
새처럼
날아다닌답니다.

고양이의
몸매 관리 비법

"아니, 대체 왜 쪘지? 먹은 것도 없는데."

어제저녁도 짜장라면 끓여 먹고, 과자와 마른오징어에 맥주를 두 캔이나 마셔 놓고 먹은 게 없다니 황당하기가 이를 데 없다.

"너도 살찐 거 같은데?"

달이 갑자기 나를 안고 저울에 오른다.

"너랑 나랑 합치니까 아주 장난이 아니구먼. 이건 뭐 역도선수여? 우리 둘 다 오늘부터 다이어트다!"

아니, 왜 죄 없는 나를 끌어들일까. 나는 다이어트를 따로 할 필요가 없는 몸이여.

인간처럼 폭식도 하지 않고, 술도 마시지 않는다. 라면도, 튀긴 치킨도, 족발도, 피자도 먹지 않는다. 오직 사료와 치킨 파우치, 생선 통조림, 약간의 고양이용 과자, 치즈, 소세지를 먹을 뿐이다.

그래, 좀 먹네. 그렇지만 그렇게 먹은 날에는 캣타워를 정신없이 오르내리며 밤새 살을 뺀다.

결국, 달은 그날 바로 헬스장을 끊고서 개선장군처럼 나타났다.

"아, 첫날부터 두 시간이나 운동했어. 힘드네. 이렇게 매일 하면 진짜 살 빠질 것 같아. 운동했으니까 조금 먹어줘도 되겠지."

달은 냉장고 안에서 반찬을 모두 꺼내 달걀 프라이를 얹고 참기름을 뿌려 비빔밥을 만들어 먹었다. 다음날도 달은 열심히 헬스를 했다. 식욕은 더욱 왕성해졌고, 살은 더 찌고 말았다.

한 달 뒤…… 달은 헬스장을 그만뒀다.

"헬스장, 안 좋은 거 같아. 괜히 식욕만 더 늘었어. 헬스 오래 다니면 딱정벌레 같은 몸매, 근육 돼지 같은 몸매가 된다더라."

가엾은 달, 아무래도 달에게 고양이의 몸매 관리 비법을 전수해야 할 것 같다. 그것은 바로…….

아무것도 노력하지 마라. 이미 아무 노력도 하지 않겠지만, 더 격렬하게 하지 마라. 어차피 몸매는 이미 정해져 있다. 벗어나려고 해도 벗어날 수 없는 숙명이요, 업보다. 육신이라는 감옥은 정신의 수양으로 벗어날 수 있는 것! 마음을 닦아야 하느니라.

나무아미타불 관세음보냥.

하늘도 울고,
달도 울고,
나도 울고,
춘봉이도 울고,
비에 젖은 바람까지 운다.

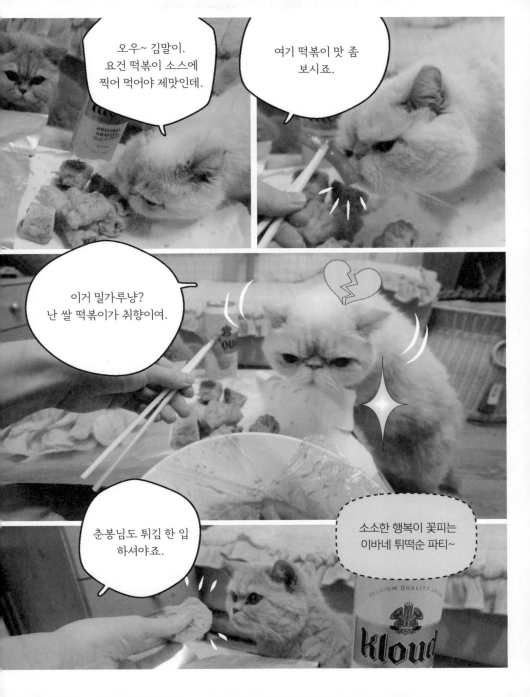

지하철도 문제없어

병원이라든가 멀리 외출할 때 지하철을 탄다. 이동장에 들어갈 때마다 달은 꼭 다짐을 받는다.

"절대 큰 소리로 울면 안 된다. 입 꾹 다물고 조용히 가야 한다."

네 살배기 어린애한테 이르듯 엄포를 놓는다. 나도 세상살이 벌써 8년차인데 너무 무시하는 거 아니냐옹?

나는 외출하는 날은 나가기 10분 전에 응가를 눈다. 달이 이동장을 꺼내면 알아서 들어가 자리를 잡는다. 이동할 때는 바깥을 엿보며 이동장 사이로 들어오는 바람을 즐긴다.

"우와! 고양이다. 귀엽다!"

가끔 어린이들이 관심을 보인다.

떼끼! 내가 너희보다 어른이다냥.

"고양이가 진짜 얌전하네요. 근데 얼굴이 참 독특하게 생겼어요. 납작한 게 웃겨요."

친근하게 말을 걸어오는 사람들한테는 그저 고마울 뿐이다. 혹시 나를 불쾌해하거나 싫어하는 사람이 있을까 내심 불안하기 때문이다. 말을 걸지 않더라도 눈이 마주치면 빙그레 웃어주는 사람도 많

다. 갑자기 기분이 좋아진다.

"갸아아아옹!"

나도 모르게 힘차게 울어버렸다. 조용한 지하철 안에서 모든 시선이 나에게 쏠린다. 졸고 있던 아저씨도 벌떡 일어나 소리가 난 곳이 어딘지 두리번거린다.

"갸아아아옹!"

에라 모르겠다. 다시 한 번 내 존재감을 드러낸다. 고양이다! 고양이! 사람들이 수군거린다. 그리고 그때, 달이 이동장을 탁탁 두드린다.

조용히 하라는 엄중한 경고다.

호호~
납작한 얼굴
너무 웃겨요.

가을 고양이 이바

이바의 즐거운
공원 산책.

떨어지는 낙엽을
머리에 얹고

솔방울 모자로
멋도 내보고.

배트맨 앤드 슈퍼맨

주인이 쓸데없이 옷을 사왔다. 멋들어진 모피를 입고 있는 나와 춘봉이한테 옷을 입힌다는 쓸모없는 아이디어를 실현한 것이다. 달은 가끔씩 우스꽝스러운 인간 코스프레 옷을 사오는데, 그 돈으로 치킨 파우치나 참치 통조림을 샀으면 좋겠다.

오늘 콘셉트는 '배트맨'과 '슈퍼맨'이다. 나와 춘봉은 그 옷을 입고 옥탑방 옥상에서 모델 워킹을 해야 했다. 이왕 입은 김에 영웅답게 제법 근엄한 표정으로 위풍당당하게 워킹을 선보였다. 점점 나도 모르게 몰입했다. 이제 평범한 클라크 켄트에서 정의의 영웅으로 완벽히 변신하는 거다옹! 악당이 넘치는 세상, 사람들은 진정한 히어로 초묘를 기다리고 있다옹!

앗, 옷이 좀 컸나? 앞발에 소매가 걸려 데굴데굴 구르고 말았다. 옷이 반쯤 벗겨지고 영웅을 꿈꾸던 고양이는 순식간에 평범한 소고양이로 돌아왔다. 주인은 이때를 놓치지 않고 후다닥 카메라 셔터를 눌렀다. 아이고, 또 이렇게 굴욕 사진이 만들어지는구나.

나는 그저 효도하는 심정으로 이 모든 굴욕을 받아들인다. 영웅이란 세계를 수호하는 전지전능한 힘을 가진 존재만을 말하지 않는다.

그건 공상과학영화에만 존재하는 허상일 뿐이다. 사랑하는 가족과 친구들 가장 가까이에서 소소한 행복을 주는 존재가 바로 진정한 영웅이다. 가슴 따뜻한 고양이인 바로 나처럼 말이다옹.

🐾🐾 아, 눈물 젖은 닭고기여

냐앙~

소중한 애묘가 굶어 죽는 걸 바라진 않겠지?
더 야위기 전에 이전에 주던 사료를
내놓아라옹.

네 맘대로 해라!
굶어 죽든지 말든지,
알 바 아냐.

컥!

저게 소중한
애묘에게 할
소린가?

어이!
어이!

춘봉이 좀 봐라!
얼마나 잘 먹냐?

오독
오독

헐~

저, 저
배신묘!

턱

결국.

크하하하~ 결국 먹을 걸 왜 반항이야! 먹보 주제에.

호독 호독

체면이 말이 아니다. 비굴해진 느낌이야.

그러고 보니 인간의 애정이 예전 같지 않다.

둘이 편 먹고 날 따돌리는 거냥? 나 따윈 안중에도 없네.

춘봉아~

설마 내가 늙고 못생겨서? 더 이상 귀엽지 않아서?

흐윽..

야! 너 어디 가? 가출하냐?

떠나리. 사랑이 없는 이곳, 미련 없이 떠나리.

떠나도 좋은데 닭고기 삶은 건 먹고 떠나라.

턱

맛없는 사료 참고 먹은 상이다! 다시는 아프면 안 된다.

아아~

털썩

늙으면 오해만 는다더니. 주인의 깊은 사랑도 모르고 나 정말 왜 이러는 거야? 여덟 살 먹은 늙은 철부지 고양이는 오늘도 그렇게 뜨거운 눈물을 뿜었다.

우욱욱욱~

달과 함께 산전수전

내가 처음 왔을 때, 달은 옥탑방이 아니라 작업실에서 살고 있었다. 작업실은 바닥에 보일러도 들어오지 않는 시멘트 바닥이었고, 난방은 석유 난로 하나와 침대에 깔린 전기장판이 전부였다. 시골에서 반 야생 고양이로 살다가 이제 집 고양이가 돼 땃땃한 아랫목에 등 지지고 살 줄 알았더니…… 내 희망이 와르르 무너졌다. 초겨울부터 하얀 입김이 보일 정도로 실내 공기는 싸늘했고, 밤이면 전기장판에서 떨어지지 않으려고 달에게 딱 붙었다. 춘봉이까지 1인 2묘가 작은 전기장판 하나에 의지하며 겨울밤을 보냈다.

그때 달은 일본에서 갓 돌아와 일자리를 구하지 못한 백수였다. 대학 강의 한 군데로 한 달에 80만 원 남짓 번 게 전부였다. 그렇게 가난한 와중에 푼돈을 모아 달이 가장 먼저 산 것이 바로 캣타워였다. 내가 세상에 태어나 처음으로 가져본 캣타워였다.

그 작업실에서 1년 정도를 보낸 뒤 지금의 옥탑방으로 이사했다. 여기는 방바닥에 따뜻한 보일러가 있어! 집 고양이의 로망인 아랫목에 등 지지기를 할 수 있겠구나!

"꿈 깨, 이바! 도시가스비가 얼마나 비싼지 알아? 아주 추울 때 빼

곤 안 틀 거야."

그럼 그렇지. 작업실을 나왔다고 바로 풍요로운 묘생이 시작되는 건 아니었다. 그렇지만 새로운 아랫목이 생겼다. 바로 햇볕에 달궈진 옥상 바닥! 나는 아랫목 못지않게 뜨끈뜨끈한 옥상 바닥에 등을 지지며 낮잠을 즐긴다.

우리는 여전히 가난하고 적당히 살 만하다옹.

야식으로 끓인 짜장라면과 맥주 한 캔을 마시며 흥얼대는 달이 있어 행복하다옹.

옥상의 따사로운 오후 햇살을 오롯이 누릴 수 있어 행복하다옹.

옥상에 쌓인 첫눈을 가장 먼저 밟을 수 있어 행복하다옹.

달의 원고료가 입금된 날이면 특식 닭가슴살을 먹을 수 있어 행복하다옹.

하늘과 가깝고, 바람이 통하고, 따뜻한 햇볕이 내리쬐는 이곳에서 우리는 있는 그대로를 받아들이며 산다옹.

야호!
원고료
들어왔다

오늘은
옥상
파티다!

이 얼마만의
삼겹살
이냐!

신난다!

건배!

짠~

옥탑방 만세~ 하늘과
가까운 이 자유~
이거니회장도 부럽지
않다~

정신승리
쩐다.

#1 여기는 고양이의 유토피아! 이바의 꽃동산.

#2 꽃보다 예쁜 고양이 이바랍니다.

🐾🐾 즐거운 우리 집

이곳이 오늘부터 나의 집.

찬양해라!
이바님이
오셨다.

바닥이
왜 이리 차냥?
설마 보일러
없는 거야?

춘봉이와
잡기 놀이~

어랏! 천정에서
물도 새네.
거의 총체적 난국
이구먼.

뚝

뚝

아오~ 딥빡~
더운데 에어컨도
없어~

캣타워가 생겼다.
꼭대기 자리는
내 꺼야.

주인이 사준
소중한 캣타워.

인간의 책상은 고양이들 놀이터.

여기가 우다다
하기엔 딱이야!

이사! 드디어
옥탑방 입성!

뭐여,
방이 너무
좁잖아.

구름 좋다.

푸른 하늘,
두둥실 뭉게구름,
살랑살랑
바람을 가졌으니
남부러울 것 없지.

달이 출근하다

"이바. 나 낼부터 출근한다."

웬 출근? 만화가인 달이 취직이라도 했단 말인가? 설마!

"운 좋게 싼 작업실 얻었어. 너도 데리고 가고 싶지만 공동 작업실이라 안 될 것 같다."

쳇, 마음에도 없는 소리.

하긴 손바닥만 한 집에서 온종일 고양이인 나를 향해 혼잣말을 웅얼거리는 달을 보면 안쓰러울 때가 있다. 공동 작업실에 들어가면 그곳 작가들과 친목도 다지고 밝은 에너지도 많이 얻을 수 있겠지. 달이 행복한 일이라면 수발을 들어줄 사람이 잠시 없는 불편함과 심심함은 얼마든지 참을 수 있다.

다음 날부터 달은 열심히 출근했다. 느지막이 일어나 씻지도 않고 늘 입던 트레이닝복만 입던 달이 아침 일찍 일어나 단정한 옷을 챙겨 입고 미용실에서 머리도 손질했다. 그리고 내 화장실을 깨끗하게 청소하고 밥과 물을 가득 채워주고 나갔다. 달이 나간 뒤 나는 캣트리에 뛰어올라 눈을 질끈 감았다. 안 깨어날 거야. 달이 돌아오는 밤까지 쭈욱 꿈나라에 있을 거야.

고로롱고로롱
달을 기다린다.

부난

몇 신데
아직도
안 와?

돌리치킨

저기 술 취한 사람들
중에 달이 있을까?

달이 밤늦게 돌아왔다. 작업실의 사람들과 술도 한잔했는지 기분이 좋아 보였다. 달은 계속 출근했다. 다음날도, 그다음 날도……. 이제 나도 외로움에 적응해야겠지. 가슴이 외로움에 미어터질 것 같다.

"이런, 비가 많이 오네. 오늘은 안 가야겠다."

이렇게 비가 반가운 건 처음이다. 새벽부터 내리기 시작한 이슬비가 아침이 되자 장대비가 돼 있었다. 오랜만에 주인과 온종일 함께할 수 있다니 기뻐서 덩실덩실 춤을 췄다.

그런데…….

"이런, 너무 덥네. 오늘은 안 가야겠다."

"이런, 진짜 춥네. 이불 밖은 위험하겠어."

하아, 그럼 그렇지. 달은 잦은 결근으로 결국 작업실에서 짤리고 말았다. 외로움이라는 새 친구는 나와의 짧은 동거를 마치고 멀리 떠나갔다옹.

이거 참, 웃어야 할지, 울어야 할지.

🐾🐾 눈 오는 날, 바깥은 위험하다

끄아아악!

수도관이 얼었나 봐.

어젯밤 기온이 영하 17도였으니 얼만도 하지.

물이 안 나와!

이제 물이 없으니 라면도 못 끓이고, 커피도 못 마시는 겐가.

세수도 못 하고, 머리도 못 감지.

소중한 것의 이유

얼마 전 알파고와 바둑기사 이세돌의 대결이 큰 화제였다. 인간과 기계가 벌이는 세기의 대결로 TV에서도 매일 야단법석이었다. 분위기를 타고 인공지능이 발달하면 사라질 직업도 신문에 발표됐다.

"미래에 사라질 직업에 고양이도 포함될 거 같다."

이게 무슨 소리? 애교와 재롱으로 사랑과 위안을 주는 치유의 아이콘 고양이를 인공지능 따위가 대신할 수 있다고? 정말이었다. 일본에서는 고양이 로봇이 놀아달라고 조르고, 눈 색깔로 감정도 표현하고, 낚싯대를 흔들면 달려든단다. 거기다 로봇이니 밥값도 안 들 테고, 응가도 누지 않고, 무시무시한 털도 뽑지 않겠지? 고장이 나면 부품을 갈면 되니 무지개다리를 건너는 슬픈 이별도 없을 것이다.

"왜 이렇게 표정이 어두워? 알파고 보고 쫄았냐?"

맞다옹. 우리는 로봇처럼 영원하지 않다. 배가 고프고, 아프고, 늙고, 죽는다. 우리는 결핍된 존재들이다. 그러나 이런 결핍이 사랑이라는 특별한 감정을 만드는 게 아닐까? 인간과 고양이는 함께해서 행복하고 언젠가 이별할 걸 알기 때문에 더욱 소중한 관계다.

그러니 내가 쫄까 보냥!

🐾🐾 타도! 로봇 냥이

너 지금
뭐 하냐?

뭘 뒤집어쓰고
있냥?

낸들 이러고 싶어
이러는 줄 아냐?

로봇 고양이가
출시 됐다잖아!
내쫓기기 싫으면
웃긴 쇼라도 해야지.

고뤠에? 그렇담
이제 미모로 승부한다.
로봇 냥이 따위
나보다 이쁘냥?

샤방
샤방

그래.
옷이 날개라고
이렇게 예쁘게
꾸미면 주인도
우릴 못 내쫓지.

야! 넌 역효과야!
옷 따로, 얼굴 따로,
부조화의 극치다!

도저히
못 봐주겠네.

춘봉이,
너 시방 나를
모독한 거여?

오늘 다 끝내자!
로봇 냥이고 자시고
너부터 응징이다!

왜
나한테
화풀이?

크아악! 왜 때려!
왜 때리냐고!

엄한 종이 끈에
화풀이하는 춘봉.

춥지 마!
우리가 안아줄게

동그리&빼죽이

달의 친구 동그리와 빼죽이가 순대와 떡볶이를 사 들고 마실 왔다. 몹시 수다스럽고 오지랖이 넓은 친구들이다. 자기들끼리 떠드는 건 상관없는데 꼭 나를 두고 이러쿵저러쿵 입방아를 찧는다. 달의 절친인 빼죽이가 주로 시비를 건다.

"내가 고양이 관상을 좀 보는데, 저렇게 납작하고 입이 아래로 처진 고양이는 고집이 세고 심술이 많아. 또 병적으로 식탐이 많지."

어이가 없다. 단지 내 외모만 보고 내 묘격과 품성을 깎아내리다니. 인간이란 동물은 외양에 너무나 집착이 심하다. 빼죽이는 멈추지 않았다.

"개는 집이라도 지키는데 요즘 고양이는 쥐도 안 잡잖아. 늘어진 팔자를 개 팔자라고 하는 건 잘못된 거야. 진짜 늘어진 상팔자는 고양이 팔자지. 나 같으면 고양이를 키우느니 개를 키우겠어. 개는 밥값은 하니까 말이야."

그 말이 달의 심기를 건드린 모양이었다. 무표정하게 듣고 있던 달의 얼굴에 빗금이 내려앉았다.

"너 지금 나 비하하냐?"

"무슨 소리야? 고양이 이야기하고 있는데, 뭘 너를 비하해?"

"내가 키우는 동물 비하하는 게 나 비하하는 거 아냐! 사과해! 고양이한테 사과하라고!"

방 안의 공기는 무겁게 가라앉았다. 시베리아 벌판 같은 싸늘한 공기만 감돌 뿐이었다. 다들 말없이 모래알처럼 변해버린 순대를 잘

근잘근 씹고 또 씹는다. 머쓱하고 무안한 마음에 빼죽이는 말없이 얼어붙었다. 고작 고양이 하나 때문에 벼랑 끝에 몰린 이 현실을 받아들이기 어려워 보였다.

"알았어! 알았다구. 내가 잘못했다구. 고양이 님. 죄송합니다. 제발 용서해주셔요. 이제 됐냐? 됐어?"

결국, 빼죽이는 눈물을 삼키며 무릎을 꿇었다.

"됐어. 그만해. 이 정도 사과했으면 용서해라. 고양이 만세!"

동그리가 중재에 나서면서 사태는 무마됐다. 이제는 경쟁하듯 자기 자랑이 이어졌다. 원래 인간들은 모이면 남 욕 아니면 자기 자랑 아닌가. 빼죽이는 공모전에 입선했고, 동그리는 새로운 전시를 오픈했다. 안타깝게도 달은 최근 아무런 좋은 소식이 없었다. 오히려 악재의 연속이었다.

얼마 전 연재하던 곳에서 잘렸고, 공모전도 떨어졌고, 전시도 준비는 했지만 사정이 생겨 취소됐다. 결국, 달은 꿀 먹은 벙어리가 됐다.

자랑 삼매경을 마친 둘은 달을 데리고 2차를 갔다. 아마도 좋은 일이 많은 빼죽이가 한턱을 쏘겠지.

인간들이 나가버리자 갑자기 조용해졌다. 피곤이 몰려왔다. 인간들의 수다를 엿듣는 일도 에너지 소비가 꽤 크다. 나는 곧 잠에 빠져들었다.

얼마나 시간이 지났을까. 문 열리는 소리에 잠에서 깼다. 달이 불그레해진 얼굴로 나를 내려다봤다.

집 잘 지키고 있었다옹! 나는 야옹야옹 울어댔다. 달은 말없이 주섬주섬 내 빈 밥그릇에 밥을 담더니 바로 쓰러져 코를 골며 잠들었다. 아직 싸늘한 초봄이거늘 취한 달은 전기장판에 불 켜는 것도 잊었다. 그 와중에도 내 밥은 본능적으로 챙겨줬다.

쥐도 잡지 않고, 집도 지키지 않아 내가 쓸모없다고? 글쎄, 나는 공기 같은 존재다. 공기는 투명해서 존재하는지도 가끔 까먹을 정도지만 없으면 모두 죽는다. 우리 고양이들은 특별한 존재감을 드러내지 않지만 공기처럼 늘 곁에 있다.

　인간이 몹시 외로운 밤, 아프지 않게 살핀다. 춥지 않게 안아준다.

　바로 지금 이 밤처럼.

　춥지 마! 우리가 따뜻하게 안아줄게.

🐾🐾 뭐 도와줄 거라도?

🐾🐾 기억 상실

이젠 절대 작업
방해 안 한다.
손을 앞으로
나란히 하고
안 움직일쪄.

눈도 딱 감고
있을 거야.

요대로 나는
얼음이여.
화석처럼 굳어
버렸어.

아앗!
내가 언제
누웠지?

원고에서 좀
내려오시죠.

이건 모종의
음모여.
난 누운 기억이
없어.

노묘의 고로롱 ——
나이는 숫자에 불과하다옹

"이바, 밥 먹어, 밥!"

달의 목소리에 눈을 뜬다. 내 밥그릇에 밥이 있다. 내가 가장 좋아하는 치킨 파우치다. 그런데 몸이 안 움직인다. 왜 이러냐옹?

"이바, 뭐해?"

달이 나를 번쩍 들어서 밥그릇 앞에 데려다 놓았다. 그제야 오물오물 밥을 먹었다. 이게 요즘 흔한 내 아침 풍경이다. 왜 그런지 최근 몸의 움직임이 둔해졌다. 맛있는 음식 냄새를 맡아도 몸이 전처럼 재빠르게 움직이지 않았다. 예전이었다면 치킨 파우치 뜯는 소리만 나도 미친 듯이 달려가 밥그릇 앞에서 대기하고 있었을 텐데……. 뒷다리엔 이유 없는 습진이 자꾸 생겨 병원에 다니는 중이다. 면역력이 낮아져서 상처가 쉽게 생기고 잘 아물지 않는단다.

왜 이렇게 된 걸까? 다들 내가 늙어서 그렇다고 한다. 고작 여덟 살인데, 늙었다고?

하긴, 고양이 여덟 살은 인간으로 치면 중년이 훌쩍 넘은 나이다. 작년과 올해가 너무 다르다. 내년은 더욱 다르겠지. 나는 여전히 달을 향해 예전처럼 힘차게 달려가고 싶다. 잽싸게 날아올라 파리를 향해 훅을 날리고 싶다. 그런데…….

"이바야. 이거 먹자."

달이 토끼 똥 같이 생긴 이상한 알약을 내 입안에 밀어 넣는다. 이게 뭐야!!! 지금 진지한 분위기란 말이야. 거부하려고 발버둥 치다가 얼떨결에 삼켰다. 알약 상자를 보니 동물 보약이라고 적혀 있다. 고양이를 위한 보약이라니, 갑자기 눈물이 날 것 같다.

이곳에 처음 왔을 때 달은 첫 고양이를 많이 그리워하고 있었다. 나도 첫 주인하고 헤어졌기 때문에 달의 그리움을 이해할 수 있었다. 우리는 서로 의지하며 4년 반을 함께 살았다. 우리의 시간은 너

달의 노후를 생각하면
눈물이 주룩주룩

달이 기뻐하면
나도 엄마 미소

달이 슬퍼하면
나도 맘찢

나는야, 달 바라기!

무 빠르게 흐른다.

　나는 잠자는 시간만 늘어가는 뱃살 늘어진 중년 고양이가 됐다. 달은 여전히 나를 재롱둥이, 귀요미, 아기냥이라고 부른다. 달은 나와 노는 시간보다 나를 병원에 데려가고, 약을 먹이고, 돌보는 시간이 더 길어지고 있다. 아직 내 소중한 친구 달한테 해주고 싶은 이야기가 많다. 달과 함께 행복한 시간을 조금 더 누리고 싶다.

　"아이고, 못난 녀석. 보약 먹고 만수무강해라!"

　쓴 약에 정신없이 앞발로 입가를 닦는 나를 보며 달이 흐뭇하게 말한다. 평소라면 쓴 약을 먹고 웃는다고 괘씸하게 여겼을 테지만, 지금은 마음이 다르다. 여전히 달의 눈에 귀요미, 아기냥일 수 있다면, 내 묘생도 여전히 황금기이지 않을까. 그런 깨달음에 목울대에서 기쁨의 노래가 절러 흘러나온다.

　고롱고롱 고로롱.

이른 새벽
첫눈 위에 새겨진 하얀 흔적
말랑말랑 핑크 젤리로
꾹꾹 눌러 찍은 흔적

작은 발자국은 우리의 이야기
네가 보내는 편지

작은 옥탑방 위에 사는
어느 누룽지 빛 고양이의
사랑 노래

춘봉이의 일기

　　춘봉이어유. 충청도 두메산골 어디쯤에서 살다가 여기에 맡겨졌쥬. 얼굴 크고 못생긴 이바는 나를 만나자마자 괴성을 지르며 달려들더구먼유. 아아, 지는 귀차니스트이자 평화주의자로서 누군가랑 싸우는 걸 엄청 싫어하기 땜에 걍 피해버렸쥬.

　　지는 이바보다 얼굴이 훨씬 곱상하고 사랑스러워유. 애교도 한 수 위쥬. 인간의 다리에 몸을 감으며 애처롭게 우는 게 주특기. 노래 실력도 뛰어나서 옥상 위에 올라가 크게 노래를 부르는 게 취미.

　　애교가 이렇게나 넘치지만, 인간의 무릎 위에서 시간을 보내거나 팔을 베고 잠을 잔다거나 이런 짓은 절대 하지 않아유. 필요할 때는 극강의 애교를 부리지만, 그게 아니면 혼자서 독립적으로 행동하지유. 아마 어릴 때 산골에서 뛰어놀면서 컸기 땜시 자유로운 걸 좋아하는 게 아닐까유?

니야아~

쪽쪽

난 혼자
놀기 달묘~

　이런 지도 고민이 하나 있슈. 여기는 마당도 없고, 뛰어놀 만큼 넓지도 않아서 답답해유. 여기는 나무도 없슈. 그나마 뛰어오를 수 있는 곳이 캣타워인디, 그걸 이바가 독차지하고 있슈. 햇빛이 잘 들고 바깥 풍경도 구경할 수 있는 캣타워 3층은 이 집에서 가장 좋은 로열석이쥬. 지는 이바가 잠시 자리를 비울 때나 가끔 올라가봐유. 그럼, 캣타워에 집착이 심한 이바가 어느 틈에 눈치를 채고 잽싸게 달려와 침까지 튀기며 괴성을 지르고 앞발을 날려대쥬. 암만해도 저 녀석은 캣타워가 오로지 지 거라고 생각하는 거 같아유. 분명 달은 우리 둘이 같이 쓰라고 사줬을 텐데 말여유.

　그런데 며칠 전에 어린 고양이 하나가 손님으로 놀러 왔어유. 암 것도 모르는 순진한 녀석은 이바의 소중한 캣타워, 그것도 4층 꼭대기에 올라가 버렸쥬. 독재냥은 격노해서 붉으락푸르락해진 얼굴에 검붉은 핏대를 세우며 어린 고양이를 향해 달려들었어유. 그런데 어이없게도 이바 녀석이 한방에 제압당해 캣타워 위에서 보기 좋게 굴러떨어졌지 뭐유. 이바는 괜히 창피하니까 급히 털을 다듬고 난리가 났어유. 지가 그 기분을 참 잘 알쥬. 그새 애송이는 캣타워에서 내려

와 어디론가 사라졌어유. 이때를 놓치지 않고 날래게 펄쩍 뛰어 모두가 사라진 텅 빈 캣타워를 차지했쥬. 이런 걸 바로 손대지 않고 코 풀기라 하는 걸까유?

거참, 오랜만에 햇살이 따사롭네유.

캣타워 꼭대기를 둘러싼
고양이들의 혈투

🐾 내 이름은 춘봉

안녕!
귀염둥이
춘봉이어유.

아아아아~

혼자 춤추며
노래 부르는 걸 즐겨유.
일명 꿀성대 고양이.

혼자 놀기 좋아
하는 자유로운
영혼이쥬. 심지어
낚싯대도 셀프로
갖고 놀고.

…지만 묘생이란,
마냥 달콤한 초콜릿
같지만은 않쥬!
셀 수 없이 많은 시련이
함께하더만유!

캬아아악

하루가 멀다
싸움을 거는
주변 고양이들.

캬아악!

아랫집 봉구.
사납기가
아주 삶 수준.
고양이 아닌 줄.

찌릿

분노 조절 장애
이바 고양이.
녀석은 눈빛으로
제압해 버리쥬.

이웃 괭이까지
놀러 와서
시비를 걸어유.

살아보니 묘생은
카페라테가 아닌
쓰디쓴 블랙
커피더라.

그러데 블랙커피도
입에 익으면 마실
만 하더라구유.

지는 더
강해질 거유!

Part 3

고양이님, 고양이님, 우리 고양이님.

후시미 이나리의
산신령

일본 교토로 떠난 건 서른세 살의 가을이었습니다. 만화 공부를 하겠다고 떠났지만, 사실 인생의 벽에 부딪혀서 떠났다는 게 더 맞는 말이었습니다. 만화를 연재하던 네 곳 중 세 곳에서 느닷없이 잘렸거든요. 그곳에서 만화 코너를 아예 없애버렸지요. 연재할 다른 곳을 찾아 아등바등했지만, 어디에서도 저를 써주지 않았어요. 그때 일본에 투고한 만화로 작은 상을 받았고, 그 일을 계기로 막연한 희망을 품고서 일본으로 떠났습니다.

낯선 땅에서 처음 마주한 난관은 언어였습니다. 교토에서는 속사포처럼 빠른 관서 지방 사투리를 쓰는 사람이 많은데, 그 말은 내 귀에는 언어로 들리지 않았습니다. 말도 못 알아듣고, 발음도 좋지 않아 좀처럼 누구와도 말을 주고받을 수 없었지요.

가진 돈이 다 떨어져서 슈퍼에서 아르바이트를 시작했습니다. 물건을 진열하는 일이니 말이 서툴러도 상관없다고 생각했지요. 그런데 점장 아주머니에게 혼나는 일이 많아졌어요. 물건을 엉뚱한 곳에 진열했다고 지적하면 내가 알겠다고 대답하면서도 계속 물건을 잘못된 곳에 놓았기 때문입니다. 결국, 점장 아주머니는 내 앞에서 자

기 가슴을 치더니 직접 물건을 진열했습니다. 저는 그 뒤를 졸졸 따라다니며 일을 배웠어요.

일을 마치고 울적한 마음에 좁은 자취방으로 돌아가기 싫어 무작정 전철을 탔어요. 도착한 곳은 많은 사람이 소원을 빌러 가는 곳으로 유명한 '후시미 이나리 신사'였습니다. 붉은 도리이*가 늘어선 고즈넉한 숲길이 끝없이 이어졌습니다. 울적한 마음을 다독이며 돌계단을 오르다 보니 어느덧 신사 꼭대기에 이르렀어요.

잠시 숨을 돌리기 위해 벤치에 앉아 산 아래의 전경을 감상했습니다. 그런데 그때 웬 얼굴이 크고 동그란 얼룩무늬의 산 고양이가 나타났어요. 산 고양이는 너무나 자연스럽게 제 곁으로 다가왔지요. 급하게 가방을 뒤졌지만 애석하게도 녀석에게 줄 간식은 아무것도 없었습니다.

'먹을 게 없으니 그냥 가겠지?'

그런데 녀석은 내 곁에 가만히 앉았습니다.

---

* とりい、일본 신사 입구에 서 있는 문.

"여기가 네 로열석이야?"

슬그머니 손을 뻗어 녀석의 등을 쓰다듬었어요. 고로롱, 고로롱. 기분이 좋은지 골골송이 울려 퍼졌습니다. 오랜만에 고양이의 골골송을 가까이에서 들었습니다. 일본 고양이라고 '고로롱데스~'라고 울지 않았어요. 그게 기뻤죠. 처음으로 마음 편히 소통할 수 있는 상대를 만난 느낌이었어요. 녀석의 등도 쓰다듬고, 턱도 긁어주고, 엉덩이도 토닥이며 오랫동안 교감을 나눴습니다.

주위를 둘러보니 매점이 하나 보였습니다. 녀석에게 뭐라도 주고 싶은 마음에 얼른 달려가 빵과 보리차를 샀어요. 그 사이에 녀석은 감쪽같이 사라져버렸습니다.

"혹시 산신령이었나?"

오래된 산에는 고양이를 닮은 산신이 있어 산에 오르는 나그네의 소원을 들어준다는 말이 떠올랐습니다. 왠지 모르게 무언가에 잠시 홀린 기분이었어요. 신이 세상의 모든 사람을 위로하러 올 수 없어 고양이를 만든 게 아닐까요?

그날, 저는 기분 좋은 골골송을 흥얼거리며 산에서 내려왔습니다.

세이카 대학의
고양이 군단

교토에서 생활한 6년 동안 많은 고양이를 만났습니다. 저는 일본 어학교 생활을 마치고 본격적으로 만화를 공부하려고 교토 세이카 대학 대학원에 진학했습니다. 대학이 있는 이와쿠라 마을은 사방이 밭, 들판, 강, 산으로 둘러싸인 시골이었어요. 그래서 길거리에 사슴과 원숭이가 마치 마을 주민처럼 태연하게 돌아다녔지요. 당연히 길고양이도 많았습니다.

겨울에는 수업이 없어도 학교에 갔습니다. 난방 때문이었어요. 다다미를 깐 방은 고타쓰로만 겨울 추위를 나야 하는데, 고타쓰 밖은 하얀 입김이 보일 정도로 너무나 추웠습니다. 학교 연구실이나 도서관은 난방을 팡팡 틀기 때문에 아침 일찍부터 저녁 늦게까지 최대한 학교에서 버텼어요. 그리고 그 학교에는 고양이들이 있었지요.

세이카 대학의 교정에는 고양이 군단이라고 할 수 있을 정도로 많은 고양이가 살았습니다. 까망이, 흰둥이, 삼색이, 얼룩이, 고등어, 치즈 등 색깔도 종류도 다양한 고양이 군단이 떼를 지어 교정에 굴러다녔어요. 고양이는 엄격한 영역 동물이기 때문에 도서관, 식당, 학생회관 등 장소마다 다른 고양이들이 수호신처럼 어슬렁거렸지요.

우리는 알쏙달쏙 고양이 군단

돌계단이나 화단 부근은 햇볕에 따뜻하게 데워져 낮잠을 자기에 제격이에요. 식당 앞과 자판기 근처는 과자를 들고 도란도란 수다를 떠는 학생들이 많아 간식을 조르기에 좋은 장소지요. 그런 곳은 권력자 고양이가 차지합니다.

고양이들은 마치 출근하는 직장인처럼 정확한 시간과 장소에 나타나요. 자전거 주차장 근처 계단에 늘 머무는 까만 망토의 얼룩이도 비 오는 날만 빼고 늘 자기 자리를 지켰습니다. 햇빛 쨍쨍한 오후에 따뜻하게 데워진 돌계단은 녀석의 낮잠을 위한 아늑한 돌침대였습니다. 그런데 어느 날부터 녀석이 나타나지 않았어요. 혹시나 해코지를 당한 건 아닌지 걱정돼 학교에 갈 때마다 일부러 계단 근처를 배회했습니다. 며칠 뒤에야 한 학생이 녀석을 데려가 집 고양이로 키우고 있다는 소식을 들었어요. 얼마 지나지 않아 그 계단은 다른 고양이가 접수했지요.

학교의 고양이들은 늘 그랬어요. 잠깐의 위로를 주고 쿨하게 떠났죠. 고양이는 약속을 하지 않습니다. 바람처럼, 구름처럼, 자유롭게 떠돕니다.

자판기 앞
명당자리는
우리 차지라옹.

오늘은 학생들이
왜 이리 뜸하냐?

고양이들은 늘 그랬다.
깊게 마음을 주지도 않고,
너무 가까이 다가오지도 않고,
떠날 때가 되면 쿨하게 떠났다.
바람처럼, 구름처럼.

잘 가, 문세야

유난히 사람에게 친근하게 구는 노랑 태비 고양이 한 마리가 있었습니다. 그 녀석은 현관문을 열어두면 그 틈으로 빼꼼 얼굴을 내밀다가 방 안으로 성큼성큼 뛰어 들어오기까지 했지요. 얼굴이 조금 길어서 녀석을 '문세'라고 불렀습니다.

일본은 동물을 키울 수 있는 맨션이 따로 있어서 그런 곳이 아니라면 집 안에 동물을 들이는 것을 엄격히 규제합니다. 집주인 허락 없이 동물을 몰래 키우다 들키면 방을 빼야 할 수도 있어요. 동물을 키워도 되는 맨션은 방세가 훨씬 비싸 가난한 유학생은 차마 엄두도 낼 수 없었습니다.

저는 방세가 가장 싼 사설 기숙사에 살았어요. 긴 복도를 사이에 두고 방이 늘어선 고시원 같은 곳이었습니다. 문세는 내 방뿐 아니

라 문이 열려 있는 다른 사람들 방에도 곧잘 드나들며 애교를 부려 먹을 걸 얻어먹었어요. 일부러 문세를 불러들이려고 방문 앞에 먹이를 두고 기다리는 사람도 있었지요. 저도 그런 사람 중 하나였는데, 문세가 내가 준비한 밥을 먹지 않고 다른 방에 가버리면 서운한 마음이 들었습니다.

그러던 어느 날 새벽, 편의점에 간식을 사러 나갔다가 돌아오는 길에 문세가 도로 건너편에 있는 걸 봤습니다. 반가운 마음에 바라보는데 녀석이 갑자기 길을 건너기 시작했어요. 그때 하필 차가 달려왔습니다. 문세는 차를 아슬아슬하게 피한 듯했어요. 많이 놀랐는지 쏜살같이 기숙사 마당으로 달아났지요. 부랴부랴 문세를 쫓아갔지만 어디로 숨었는지 보이지 않았습니다. 걱정스러웠지만 깜깜한 밤이라 도저히 찾을 수 없었어요. 치인 건 아니니까, 무사할 거야.

다음 날, 문세는 마당 구석에서 죽은 채 발견됐습니다. 외상은 전혀 없었어요. 의사는 쇼크로 죽은 거라고 했습니다. 너무 놀라면 심장이 멎을 수 있다고 했어요. 태어난 지 7개월된 아기 고양이. 문세는 왜 하필 그때 평소에 건너지도 않던 길을 건넜을까요. 새벽에는 좀처럼 차가 다니지 않았는데, 왜 하필 그날은 차가 그렇게 빨리 달려왔을까요.

길고양이는 사람을 너무 좋아하면 일찍 고양이별로 떠난다는 말이 있습니다. 인간을 많이 따를수록 인간에게 해코지를 당할 일이 많아지기 때문이지요. 문세도 인간을 많이 사랑한 고양이여서 빨리 고양이별로 돌아간 걸까요? 혹시 길 건너에 있던 저를 보고 달려온 건 아닐까요? 집주인 할아버지는 문세를 넣은 관 위에 가쓰오부시를 뿌렸습니다. 일본에서는 고양이가 죽으면 저승 갈 때 도시락으로 먹으라고 가쓰오부시를 뿌려줍니다. 죽은 문세는 상처 하나 없이 너무나 깨끗했습니다. 그저 잠든 것처럼 보여 금방이라도 다시 일어날 듯했어요.

한국에서도 일본에서도 소중한 것은 오래 머물지 않았습니다. 이별은 피하고 싶다고 해서 피할 수 있는 게 아니었고, 대신 추억이 가슴속에 머물렀습니다. 고양이는 또 그렇게 가슴속에 슬픔으로 남았습니다.

마음 속 묘연

#1 이별은 피할 수 있는 일이 아니다.

#2 추억은 가슴 속에서 머문다.

#3 오랜 인연이 아니었다고 해서 그 만남이 가벼운 건 아니다.

#4 오히려 짧은 인연일수록 아쉬움이 커서 마음속에 더 오래 남아 있기도 한다.

안녕! 교토

　2012년, 교토에서 보낸 6년의 시간을 마무리할 때가 다가왔습니다. 매일 조금씩 짐을 정리하면서 동네를 산책했습니다. 떠난다고 생각하니 늘 다니던 길들도 새삼 새로워 보였어요.

　"그동안 나에게 잘해줘서 고마워."

　집 앞 작은 강과 나무, 떨어진 낙엽 모두에 인사했습니다. 길고양이들에게도 마음속으로 마지막 인사를 보냈어요. 고양이들은 내가 있든 없든 이곳에서 변함없이 잘 살 거예요. 고양이들한테는 저 또한 잠시 지나는 바람이고 구름이겠지요. 그런 고양이들의 도움으로 저는 타지 생활의 외로움을 잘 버텨냈습니다.

　작별 인사를 마치자 어서 돌아가고 싶어졌습니다. 집으로, 내 장미 미유가 있었던 그곳으로 가고 싶었어요.

　안녕! 교토.

　안녕! 교토의 길고양이들.

　모두 고마웠어요.

epilogue

**언젠가 고양이별로
돌아갈 너에게**

언젠가 고양이별로
돌아갈 너에게

아주 오래전 기억입니다. 길에서 만나 한 번 밥을 준 뒤 우리 집으로 매일 밥을 먹으러 오던 까만 망토의 수고양이가 있었습니다. 저는 녀석을 '알록이'라고 불렀지요. 알록이와 친해지면서 걱정이 늘어갔습니다. 밥은 제대로 먹고 다니는지, 비 오는 날은 어디에서 쉬는지, 밖에서 해코지 당하지는 않는지……. 녀석을 위해 스티로폼으로 집을 만들었지만, 자유롭게 쏘다니는 녀석은 그 집에 묵지 않았습니다. 어느 날은 눈두덩이가 찢겨져 퉁퉁 부어서 나타났습니다. 다른 고양이와 영역 다툼을 한 모양이었습니다. 길에서 살아가는 고양이, 검은 얼룩을 배트맨처럼 뒤집어쓴 얼굴, 쭉 찢어진 눈매, 어찌 보면 귀엽기보다는 몹시 험상궂게 생긴 고양이였지요. 하지만 항상 당당하고 씩씩했습니다. 그런 녀석이 참 마음에 들었지요. 그러나 녀석과 함께한 시간은 길지 않았습니다. 어느 여름날, 알록이는 어딘가에서 쥐약을 먹고 우리 집 대문 앞에서 죽은 채 발견됐습니다. 앞집 아저씨가 말하길 녀석이 마지막까지 죽을힘을 다해 우리 집 대문 앞에 기어와 죽었다고 했습니다.

약을 먹고 고통스러운 상황에서 알록이는 저를 기다렸는지도 모롭니다. 밥을 주고 집을 지어준 사람에게 어린왕자의 장미처럼 의지하고 싶었을지도 몰라요. 그러나 저는 그 마지막을 지켜주지 못했습니다. 녀석을 지켜주지 못했다는 무력감, 마지막을 그렇게 처참하게 보내게 한 미안함 때문에 오랫동안 괴로웠습니다.

고양이들은 늘 그랬습니다. 너무 쉽게 훌쩍 떠났어요. 너무 쉽게 이별을 고했어요. 신기루처럼 사라지는 존재였습다. 슬픔과 고통은 남아 있는 인간의 몫이었습니다. 고양이와 함께하는 사람은 언제나 슬픔을 맞이할 준비를 해야 해요.

한국으로 돌아와 이바를 만났습니다. 고양이가 사랑이면서 슬픔이라는 사실을 알았기 때문에 다시 고양이와 살아도 될지 용기가 나지 않았습니다. 내가 다시 고양이를 키울 자격이 있나? 그동안 한 번도 고양이를 제대로 지켜주지 못했는데 똑같은 실수를 또 저지르지 않을까 두려웠어요. 그러나 곧 생각을 바꾸었습니다. 사랑하는 존재를 잃었다고 다시 사랑하는 일 자체를 포기하는 게 더 비겁하니까요. 새로운 사랑을 통해 더욱 성숙한 존재로 거듭나야 이전의 사랑이 의미를 갖습니다. 용기를 내 다시 사랑을 시작하는 일은 부족하고 미숙했던 과거의 저를 용서하는 일이기도 했습니다. 그래서 이바를 새로운 묘연으로 받아들였습니다. 무책임했던 나, 미숙하고 서툴렀던 나, 그런 나를 미워했던 나를 이바를 돌보면서 용서하고 싶었습니다. 이바를 돌보는 시간은 결국 저 자신을 돌보는 시간이었습니다.

알룩이처럼, 미유처럼, 그리고 문세처럼 이바도 언젠가 내 곁을 떠나겠지요. 특히 오랜 시간을 함께한 이바이기 때문에 이별의 슬픔도 클 것입니다. 그렇지만 사랑하지 않았더라면 소중한 슬픔이라는 비밀스러운 감정도 몰랐을 것입니다. 고양이들은 아주 잠깐의 시간만을 허락하고 모두 슬픔이 됩니다. 그 슬픔 덕분에 저는 이전보다 더 성숙한 사랑을 할 수 있는 사람으로 성장할 수 있었습니다.

오늘도 길에서 새로운 고양이를 마주칩니다. 매일 마주치고 헤어지지만 고양이는 항상 쿨해요. 고양이는 하늘하늘 흩날리는 봄꽃, 볼을 스치고 지나가는 바람, 따뜻한 햇살을 사랑하지만 결코 소유하려들지 않습니다. 그런 쿨함이 부럽습니다. 저도 이제 피었다 지는 꽃을 마음속 추억으로 남기는 법을 알 것도 같습니다.

고양이들을 향한 사랑은 제 마음 안에서 꽃처럼 핍니다.

비밀의 구멍을 통해
제게 날아온 고양이 이바.
아직 이바에게 듣고 싶은 말이
많이 남아 있습니다.

지금까지 내 이야기를 듣는다고
고생 많았다옹.
우리 다시 또 만나자옹~

고양이 이바가 왔다옹

1판 1쇄 인쇄 2016년 10월 31일
1판 1쇄 발행 2016년 11월 8일

지은이 | 달나무
펴낸이 | 김영곤
펴낸곳 | (주)북이십일 아르테팝
문학출판사업본부장 | 신우섭
미디어믹스팀장 | 장선영
편집 | 김성현
미디어믹스팀 | 김은희 이상화
문학영업마케팅팀장 | 권장규
문학영업마케팅팀 | 김한성 임동렬 오서영 김선영 정지은

출판등록 | 2000년 5월 6일 제406-2003-061호
주소 | (우 10881) 경기도 파주시 회동길 201(문발동)
대표전화 | 031-955-2100 **팩스** | 031-955-2151 **이메일** | book21@book21.co.kr

(주)북이십일 경계를 허무는 콘텐츠 리더
아르테팝 채널에서 도서 정보와 다양한 영상자료, 이벤트를 만나세요!
북이십일과 함께하는 팟캐스트 '[북팟21] 이게 뭐라고'
페이스북 | facebook.com/21artepop **블로그** | artepop.tistory.com
인스타그램 | instagram.com/21artepop **홈페이지** | arte.book21.com

ISBN 978-89-509-6745-1 03810
책값은 뒤표지에 있습니다.